Vente du Vendredi 7 Février 1873

SALLE Nº 3

TABLEAUX

MODERNES

Collection de M. MULLER

DE STRASBOURG

EXPOSITION PUBLIQUE : le Jeudi 6 Février 1873

Mᵉ DELBERGUE-CORMONT
COMMISS^{re}-PRISEUR
Rue de Provence, 8

MM. DHIOS ET GEORGE
EXPERTS
Rue Le Peletier, 33

PARIS — 1873

EXEMPLAIRE DE DHIOS

CATALOGUE

DES

TABLEAUX

MODERNES

Corot, Diaz, Guillemin, Ph. Rousseau
Vollon, Ziem, Blin, Durand-Brager, Dansaert, Reynaud, Brissot
Soutif, Couturier, etc.

QUELQUES TABLEAUX ANCIENS

Trois Scènes enfantines, par Mlle DANISCH

DESSINS, AQUARELLES

COMPOSANT LA COLLECTION

De M. MULLER, de Strasbourg

DONT LA VENTE AUX ENCHÈRES PUBLIQUES AURA LIEU

HOTEL DROUOT, SALLE N° 5

Le Vendredi 7 Février 1873

A DEUX HEURES

Me **DELBERGUE-CORMONT**, Commissaire-Priseur à Paris,
rue de Provence, 8,
Assisté de **MM. DHIOS** et **GEORGE**, Experts, rue Le Peletier, 33.

EXPOSITION PUBLIQUE

Le Jeudi 6 Février 1873, de 1 heure à 5 heures.

PARIS — 1873

CONDITIONS DE LA VENTE

Elle sera faite au comptant.

Les Acquéreurs paieront, en sus des adjudications, CINQ POUR CENT, applicables aux frais.

DÉSIGNATION

DE

TABLEAUX

BENTABOLE

1 — Départ pour la chasse.

BLASSET (E.)

2 — Bords du Beuvron, en Sologne.

BLIN (F.)

3 — Chaumière dans la Nièvre (Hiver).

BLIN (F.)

4 — Paysage.

BRAGER (Durand)

5 — Côtes de Cornouaille.

BRAGER (Durand)

6 — Marée basse.

BRISSOT (F.)

7 — Moutons.

CHONÉ

8 — Fleurs et Fruits.

COROT

9 — Environs de Ville-d'Avray.

CORTÈS (A.)

10 — Animaux à l'abreuvoir.

CORTÈS (A.)

11 — Pâturage.

CORTÈS (Edouard)

12 — Pêcheurs.

COUTURIER

13 — Basse-Cour.

DANISCH (Mlle)

FLORISSAIT A STRASBOURG OU ELLE A EXÉCUTÉ UN GRAND NOMBRE DE PORTRAITS
SOUS LE RÈGNE DE LOUIS XVI

Série de trois gracieuses compositions, scènes enfantines de forme
ovale, placés dans des encadrements Louis XVI à nœuds de rubans.

14 — Le Lapin blanc.
15 — Le Mouton chéri.
16 — Le bon Terre-neuve.

DANSAERT

17 — Garde française en faction.

VALDEBON (De)

18 — Clairière dans un bois.

DIAZ

19 — Forêt de Fontainebleau.

GUILLEMIN (A.)

20 — Crieur public, scène espagnole.

HAMILTON (W.)

21 — Papillons, reptiles, insectes et plantes.

Tableau d'une précieuse exécution.

HOGUET

22 — Moulins à vent, effet d'hiver.

MICHEL (E.-François)

23 — Laveuses.

OUVRIÉ (J.)

24 — Eglise catholique, à Amsterdam.

POTÉMONT

25 — Promenade de la grand'maman.

REYNAUD (F.)

26 — Jeune Italienne à la fontaine.

ROUSSEAU (Ph.)

27 — Chiens au chenil.

SOUTIF (P.)

23 — Poulailler.

VOLLON

29 — Ile de Saint-Ouen, Vue du Moulin.

VOLLON

30 — Portrait de femme.

VOLLON

31 — Conversation sur la lisière d'un bois.

ZIEM

32 — Les vieux Murs de Stamboul, sur la mer de Marmara.

ZIEM

33 — Cap d'Actium.

ÉCOLE MODERNE

34 — Coucher de Soleil dans les bois.

ÉCOLE MODERNE

35 — La Vierge à la Chaise, d'après Raphaël.

DESSINS, AQUARELLES, PASTELS

CESARE DELL'ACQUA

36 — Jalousie.

Aquarelle.

CHARLIER

37 — Tête de jeune femme.

Pastel.

GUGNON (L. T.)

38 — Pommes, poires et raisins.

Pastel.

LE BARBIER

39 — Télémaque dans l'Ile de Calypso.

Gouache.

ÉCOLE FRANÇAISE

(XVIIIᵉ SIÈCLE)

40 — Ancienne Vue de la ville de Metz et de ses principaux monuments.

Gouache.

WYATT (Mˡˡᵉ)

41 — La Soubrette.

Aquarelle, d'après Chaplin.

PHILIPPOTEAUX

42 — Sous ce numéro, un grand nombre de Dessins, d'Illustrations, par Philippoteaux, qui seront vendus séparément.

Renou et Maulde, imprimeurs de la Compagnie des Commissaires-Priseurs, rue de Rivoli, 144.   29050